아빠, 그래도 괜찮아!

아빠, 그래도 괜찮아!

초판 1쇄 펴낸 날 | 2018년 3월 5일

지은이 | 서진원
펴낸이 | 이금석
기획 · 편집 | 박수진, 박지원
마케팅 | 곽순식
경영 지원 | 현란
펴낸 곳 | 도서출판 무한
등록일 | 1993년 4월 2일
등록번호 | 제3-468호
주소 | 서울 마포구 서교동 469-19
전화 | 02)322-6144
팩스 | 02)325-6143
홈페이지 | www.muhan-book.co.kr
e-mail | muhanbook7@naver.com
가격 13,000원
ISBN 978-89-5601-365-7 (03810)

아빠,
그래도 괜찮아!

서 진 원 그리고 쓰다

#리커버 에디션을 펴내며

처음 이 글을 썼을 때가 대학교 신입생이었다. 그 당시에는 글을 쓰고 싶다는 생각으로 무작정 끄적였다. 어떤 글을 쓰고 싶은지, 어떤 작가가 되고 싶은지 고민도 하지 않은 채 무작정 썼다. 단지 기성세대인 아버지를 위로하고 싶다는 마음만으로. 몇 년이 지난 지금 글을 읽는데 얼굴이 화끈거린다. 감정만 잔뜩 들어간 어린아이처럼 글이 어리고 서툴다. 뭐, 지금도 그렇게 나아진 것은 아니지만.

그렇다고 이 시작을 되돌리고 싶다는 말은 아니다. 철없는 생각일지 모르겠지만 무슨 일을 시작할 때 깊게 고민하면 아무것도 못한다 생각했다. 점점 발전하는 모습을 보여드리는 것이 자연스러운 것이라 생각했다. 그래서 글을 쓸 때마다 마음의 빚만 커져 갔다. 그러다 감사하게도 리커버 에디션을 펴내게 되어 글을 고치게 되었다. 마음 같아서는 싹 고치고 싶었지만 이 책이 가지고 있는 색이 지워질 것 같아 부분적으로 손을 봤다.

여러 해가 지나면서 변한 것이 많다. 글에 나온 할머니는 돌아가셨고, 난 전역을 했으며, 열렬히 사람을 잃었다. 아버지는 많은 것을 내려놓으셨는지 전보다 더 편안해지셨고, 어머니도 '영순 씨'로서의 삶을 열심히 살고 계신다. 세상을 보는 시각이 더 넓어졌고 그만큼 생각들도 변했다.

반대로 변한 것이 많이 없다는 생각도 한다. 시각이 넓어진 만큼 보이는 고통도 많아졌다. 울음 뒤에 변화는 없었다. 지금도 우리는 수많은 기준에 둘러싸여 있고, 앞으로도 기다리고 있다. 성에 대한 편견도 여전히 존재한다. 아버지들의 무게는 줄어들지 않았다. 스스로 쏘아붙이는 따갑고 냉철한 시선은 여전히 나에게만 머물러 있다.

그러고 보니 글을 고치면서 끊임없이 드는 질문이 있었다.

누군가를 너무 쉽게 위로하려고 하는 건 아닌가.

이 질문의 답은 고통을 함께 느끼며 생각하고, 또 글을 쓰면서 보여 드려야 할 것 같다. 다시 책을 내며 마음의 빚을 더 진다.

— 서진원

#프롤로그

"아빠, 행복해?"

"아니."

"그럼 지금까지 이렇게 살아온 거 후회해?"

"……."

아빠는 모든 것을 내려놓고 싶은 표정이었지.

그 질문은 아빠가 행복해 보이지 않았기 때문에 한 거였어.

굳은 표정으로 집에 들어와 술잔을 채우며

내일을 준비하는 모습이 어떻게 행복해 보이겠어.

무엇이 그렇게 힘이 들게 할까?

무엇이 후회를 하게 만들까?

많은 생각이 나를 괴롭혔어.

내가 어려서인지 거기에 대한 답은 찾아내지 못했지만
자식으로서 아빠에게 하고 싶은 이야기가 많아지더라고.
이제 차근차근 아빠에게 해주고 싶은 이야기를 꺼내볼게.

한번 들어봐.

#차례

리커버 에디션을 펴내며   4

프롤로그   6

1장

"나도 비싼 거 먹고 싶고 해외로 놀러다니고 싶고
좋은 옷 입고 싶어.
나도 사람이라고 나도 그러고 싶다고"

\# 외로움이 아빠의 직업이래   19

\# 이제는 받을 차례   24

\# 사랑이란 게 뭐야?   28

\# 제일 후회하는 것   30

\# 부담을 덜어 놓고 부담을 채워   33

\# 내 몸에 찍힌 등급도장   35

\# 다움   41

\# 나쁜 산타할아버지   45

\# 사랑에 숨겨진 자만심   50

\# 시작   55

2장

"사실, 사랑하는 법을 모르겠어.
어떻게 해야 하는지 잘 모르겠어.
어떤 말을 해야 할지 어떻게 다가가야 할지 잘 모르겠어"

미안해, 처음이라서 그래   67

아빠가 싫다는 것   71

말, 손, 귀   75

아빠와 친구가 되지 못하는 3가지 이유   77

나는 누구 거지?   82

순간순간   87

삶의 지식, 삶의 지혜   88

그냥 믿어줘   90

아휴   93

엄마는 고수야   95

영순 씨   98

할머니   101

다시 태어난다면   103

생각나?   106

3장

"외로워서 그래, 외로워서.
젊었을 때는 앞만 보고 달려야 하니까
외로움도 모르고 살았는데 요즘 들어 주위를 둘러보니까
아무도 없더라"

\# 시원 익숙한 냄새   115

\# 서툰 자식   117

\# 미움쟁이   122

\# 제일 무서운 것   125

\# 짝사랑을 했었다   131

\# 세를 주다   133

\# '사랑한다'의 반대말   138

\# 이해   139

\# 싸우지 마   141

\# 오늘은 쉬어야지   143

\# 또 다른 외로움   148

4장   "앞서 당신이 발자취를 남기며 걸어가는 이유"

청춘이라면   153

나이   155

나는 내가 싫다   162

물음   165

원망스럽고 두려워   171

우리에게도 자존감이 없다   172

소나기   175

너가 그래   179

격렬히 씹자   184

척   186

중얼중얼   188

같이 아파서, 우리   191

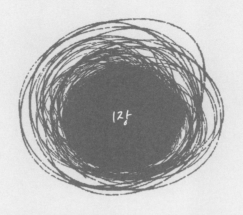

1장

"나도 비싼 거 먹고 싶고 해외로 놀러다니고 싶고
좋은 옷 입고 싶어.
나도 사람이라고 나도 그러고 싶다고"

외로움이 아빠의 직업이래

아빠, 요즘 내가 가장 힘든 게 뭔지 알아?
평생 같이 갈 줄 알았던 인연들이
주위에서 하나둘 자연스럽게 떠나가는 거.

내가 아끼던 사람들이 떠나고
세상에 덩그러니 혼자 남겨진 느낌,
누구에게도 사랑받고 있지 않다는 생각.

그런데 옆으로 눈을 돌려보니
이런 감정을 느끼는 사람이 또 있더라고.

바로 아빠.

어느 날, 교양수업을 듣는데 교수님이 가족이야기를 하시면서 우리들에게 물었어.

"대한민국 아버지들이 가장 힘든 게 뭔지 알아?"
나는 속으로 생각했지.
'돈 문제 아닌가?'
교수님은 이런 말씀을 하시더라고.
"외로움이야. 외로움."
'……'
"외로움이 아빠의 직업이더라."

슬프게도 나는 고개를 끄덕였어.

다가가려고 하면
자식은 피곤하다고 도망가고
아내는 갑자기 왜 이러냐며 귀찮아하고
사회에서는 사람들한테 이리저리 치이고.

세상에 덩그러니
누구에게도 사랑받고 있지 않은 느낌.
존재 가치가 없어진 느낌.

내가 용돈 달라고 하면 아빠는 항상 이렇게 이야기하잖아.
"너는 용돈이 필요할 때만 나를 찾지? 아빠가 돈 벌어오는 기계냐?"
사실 나도 알고 있었어.
아빠가 외로워한다는 거. 가족의 사랑을 느끼고 싶어 한다는 거.
그런데 모른 척하고 있었어.
왜 그랬을까 곰곰이 생각해보니 아주 무서운 답이 나오더라고.

불편하니까.

아빠와 나는 어색한 것이 익숙한데
갑자기 아빠가 다가오는 게 불편해서
그래서 아빠를 피했던 거 같아.

이리저리 피하다 보면
아빠의 뒷모습에 시선이 걸려.
그리고 눈이 머물러.

외롭고
지치고
불안해하는 모습에.

이제는 받을 차례

왜 그럴 때가 있잖아.
지금까지 다른 사람들을 위로하고 도와주었는데
정작 내가 누군가가 필요한 날에는 아무도 관심 가져 주지 않을 때.

아빠로서 남편으로서 아들로서 열심히 사는데
수고는 알아주지 않고.
위로라고 해봤자 친구들과 술 한잔 기울이는 거잖아.
가족에게 위로 받고 싶은데 계속 도움만 받으려고 하니
더욱 지치고 힘들 수밖에.

아빠는 일하는 기계가 아니기 때문에
돈을 벌어와야만 인정받을 수 있는 사람이 아니기 때문에
누구를 위해 희생하려고 태어난 존재가 아니기 때문에
지금 모든 것에 지치는 게 당연해.

아빠는 항상 그래왔잖아.
가족을 위해 무엇인가를 계속해서 해왔고
앞으로도 무언가를 해주어야 한다는 부담감을 가지고 있잖아.
그래서 가족에게 주는 것만 익숙하고
받는 것은 어색하다는 거 알아.

그런데 아빠,
이제는 받을 차례야.

위로
받을
차례

\#

지나가는 말로
인생을 열심히 살 수 있는 건
가장이여서, 가족이 있기에 가능했다고.

아니야,
가족 때문에 열심히 살 수 있었던 것이 아니라
아빠니까 버틸 수 있었던 거야.

#사랑이란 게 뭐야?

누군가 한번쯤은 꼭 물어본다는 질문.
사랑이란 게 도대체 뭐야.

글쎄, 너는 뭐라고 생각하는데.

설레는 거? 챙겨주고 싶은 거?
아니, 그건 좋아하는 거고.

누군가를 사랑한다는 것은
같이 함께 세상을 만들어 간다는 거

그들은 하나의 세계를 만들어 갔어
서로 알아가면서 그들만의 세상을 만들어 갔지.
그런데 크게만 보였던 세상이
영원할 줄 알던 세상이
말 몇 마디에 무너져 내렸어.

허무하게 무너진 세상을 바라보고 있는
그 뒷모습은 회색이었어.

시멘트 바닥 위로
하얀 눈이 내리는 날

내려간 시소에서
스스로 발을 찰 수 있는 다짐이 오길

시소의 균형이 맞춰지길.

#제일 후회하는 것

"할머니, 지금까지 살면서 제일 후회하는 게 뭐야?"

"여든이 넘도록 해놓은 게 없어서……."

"왜 해놓은 게 없어? 자식 6명 잘 키워서 시집, 장가 다 보냈잖아.
그거 대단한 거잖아."

할머니가 조용히 대답하시더라고.

"그건 낳았으니까 한 거지."

열아홉 살에 시집 와서 한 것이라고는 밥 지은 것밖에 생각나지 않
는다고 하셨어. 할아버지가 돌아가시고 주위에 아무도 없으니까 지
금까지 뭘 해놓았나 생각이 드신대. 할머니가 지금까지 살아온 삶에
서 의미를 찾고 계시더라고.

나는 아빠가 삶의 의미를 가족에게서 찾지 않았으면 좋겠어. 물론 '아버지'로서의 삶이 있어야 하지만 삶의 전부를 '아버지'로만 보내지 않았으면 좋겠어. '아빠의 인생을 되찾아'라는 말은 꿈을 찾아 떠나라는 거창한 뜻이 아니라, 아빠의 행복을 조금씩이라도 찾았으면 좋겠다는 뜻이야. '너희가 나의 행복이야' 같이 희생을 통해 얻은 행복 말고 나를 통해 얻는 행복.

아빠가 재미를 느끼는 것.
이것을 할 때면 걱정이 사라지고 푹 빠지게 되는 것.
그것부터 시작해서 '나'의 삶을 확장해 나갔으면 좋겠어.

지금까지 부모님 챙기랴, 가족 챙기랴
아빠를 잊고 살아왔잖아.
지금 와서 돌아보니까 아빠를 위한 것이 아무것도 없잖아.

아빠, 지금까지 잊고 살았던 자신을 살펴.

#부담을 덜어 놓고 부담을 채워

드라마에서 자식이 결혼하기 전에 부모가 이런 말을 하더라고.

(두 손을 꼭 잡으며)
"나는 행복하게 살지 못했지만 너는 꼭 행복하게 살아야 한다."

아니,
부모님의 불행한 결혼생활 모습을 보며 자랐는데
자식이 어떻게 행복하게 살 수 있겠어.
나도 모르게 닮아 있을 텐데—

아빠가 지금 행복해야
우리가 행복해져.

아빠가 지금 웃어야
우리가 웃을 수 있어.

그러니까 가장의 부담은 조금 덜어놓고
그 자리에 행복의 부담을 올려놔.

내가 행복해야
가족도 행복해진다는 부담

#내 몸에 찍힌 등급도장

아빠, 나는 가끔 대한민국 청년이라는 게 슬퍼. 대학에 들어가면 한시름 놓을 수 있는 줄 알았는데 전공강의 첫날 교수님이 취업률을 보여주시더라고. 그러면서 취업이 잘되려면 어떻게 해야 하는지 설명해 주시는데 어찌나 숨이 막히는지.

왜 어른들은 이런 말하잖아. 하고 싶은 건 대학생 되서 해도 된다고. 그런데 우리는 그럴 수 없어. 내가 하고 싶은 일을 하기에는 어깨 위에 너무 많은 것들이 있어.

학점, 어학점수, 각종 자격증, 등록금, 생활비—

무엇을 생각하기도 전에 해야 하는 것들을 올려다봐야 할 때면 회의감이 들어. 대학생이 되기 전에도 그래왔어. 학생들이 공부하는 것보다 더 힘들어 하는 것이 있거든. 몸에 등급을 매기는 거.

'너는 A급, 너는 B급, 너는 C급.'

내 가치를 성적과 지원대학에 따라 분류당하는 기분이었어. 도축장에 있는 가축에게 등급도장을 찍듯이 말이야. 사실 어렸을 때부터 내가 특별하다고 느끼게 해주는 여러 요소들이 있었거든. 남들 앞에서 이야기하는 것, 친구들과 아픔을 나누며 공감하는 것. 그런데 이런 것들이 아무 쓸모없는 것으로 취급되더라고.

'아, 나를 특별하다고 느끼게 해주는 것들은 하찮은 것이구나.'

점수만이 너를 가치 있게 하는 것이라고 성적과 대학만 바라보게 하더라고. 공부에 재능이 있는 몇몇 학생들만이 '너는 인생을 잘 살고 있구나'라고 인정받을 수 있어. 그 선에서 벗어난 학생들의 가치는 학교에 존재하지 않아.

그러다 보니 '나는 이 정도밖에 되지 않는 사람이구나'라는 자책이 항상 나를 괴롭히더라고.

'나는 왜 이렇게 다른 사람보다 못났을까?'
'그럼 어떤 사람이 잘난 사람인데?'
'저 많은 기준에 나를 꾸깃꾸깃 맞춰야
웃을 수 있는 자격이 주어지는 것일까?'

고민한 끝에 나 자신과 약속했어.
세상의 기준에 내 가치를 맡기지 않겠다고.

누군가의 기준으로 판단하지 말자고.
내가 기준을 세워서 판단하겠다고.

그래서 지금은 그 다짐대로 살려고 발버둥을 치고 있어. 사회에서 아무리 '이렇게 사는 사람이 인정받는 사람이야', '이렇게 살아야 성공한 삶을 사는 거야'라고 외쳐도 나는 내가 세운 기준을 넘어서기 위해, 내 생각대로 조금씩 앞으로 나아가고 있어.

아빠, 세상의 기준에 맞춰 자신을 자책하지 않았으면 좋겠어.

다른 친구들보다 좋지 않은 집에 살면 어때.
번듯한 직장이 아니면 어때.
멋있지 않은 차를 끌고 다니면 어때.

세상의 기준에 아빠를 맞춰간다면
아빠는 '나'를 잊고
누구에게 보여주기 위한 삶만을 살아갈 거야.

세상 기준에 기죽지 말고 진짜 아빠를 찾아.

\#

쓸모없게 느껴져도
"괜찮아."

불안에 떨고 있어도
"괜찮아."

때로는 아무것도 하지 않고 있어도
"그래도 괜찮아.
그래도 대단해."

#다움

폭력적인 말 중에 하나가
'다움'이라는 말이야

너는 어른다워야 해.
너는 남자다워야 해.
너는 아빠다워야 해.

그런데 그 '다움'이라는 단어가 폭력적이지 않을 때가 있어.

'나다움.'

이때의 '다움'은 누구에게도 폭력적인 말이 될 수 없어.

그 '다움'은 내가 평생 잃으면 안 되는 거야.

그걸 잃는 순간 남들과 비교하고 열등감을 갖게 돼.

다른 '다움'은 다 잃어도 되는데 나다움은 잃지 마.

아빠, 잊지 마.

그 아름다운 '다움'을

#나쁜 산타할아버지

내가 태어나서 아빠에게 처음 받은 훈련이 뭔 줄 알아?
눈물 참는 법.
내가 울 때마다 아빠는 똑같은 말을 했어.

"아빠가 제일 싫어하는 게 우는 거라고 했지? 울지 마."

아빠도 할아버지에게 처음 받은 훈련이 눈물을 참는 법이었다는
거 나도 알아. 그래서 지금 아빠를 보면 감정이 없는 사람 같아. 먹고
사는 것에 도움이 되지 않는 감정은 예전에 버린 로봇 같아. 아니, 둘
중 하나야. '화'를 내거나 '화'를 내지 않거나.

그런데 생각해보니까 아빠와 내가 감정을 표현할 수 없게 만든 건
가정교육뿐만이 아니었더라고. 노래에서도 산타할아버지는 울면 선
물을 주지 않겠다고 협박(?)했잖아. 동서양을 막론하고 만화와 영화
에서는 용맹한 남자가 나와 '남자는 이래야 멋있는 거지!' 하며 세뇌
시키고. 그리고 이런 말도 있잖아.

"남자는 죽기 전까지 딱 3번만 운다."

힘들다고 투정 부리면 남자새끼가 뭘 그런 거 가지고 그러냐며 혼이 나지. 남자는 약해 보이면 안 되니까, 감정을 숨겨야 했잖아. 힘들고 아프다는 말은 여자들만 해야 되는 줄 알았지.

그런데 아빠 그거 알아? 남자가 여자보다 감정적으로 더 예민하게 태어난대. 그런데 자라면서 남성성에 대한 문화가 주입되고, 그 문화에 맞추어 감정을 감추도록 뇌가 굳어진다고 하더라.

아빠, 힘들 때 힘들다고 말하지 않으면 괜찮아져?
주저앉고 싶을 때 그 마음을 숨기면 괜찮아져?

아니잖아.

사람이란 존재가 어떻게 항상 강할 수 있겠어.
어떻게 자신의 마음을 계속 무시할 수 있겠냐고.
가족에게 약한 모습을 보여줄 수 없다는 생각은 그만했으면 좋겠어.

혼자 눈물 흘리면서 속앓이 하지 말고
아프면 아프다고
힘들면 힘들다고
더 이상 못 버티겠으면 못 버티겠다고
말해줘.

슬프면 울고, 주저앉고 싶으면 잠깐 주저앉아.
이제는 '남자'라는 단어에서 벗어나
힘든 세상을 살아가는 한
'인간'으로 스스로를 바라보았으면 좋겠어.
인간은 느끼는 대로 표현하는 게 자연스러운 거잖아.
그게 당연한 거잖아.

하여튼 내 생각에는 산타할아버지부터 다시 이야기해야 돼. '울면 안 돼'가 아니라 '슬프면 울어야 한다'고, 울지 않으면 선물을 주지 않겠다고 해야 한다니깐.

나쁜 산타할아버지!

#

많은 것을 해야 한다는
압박감에 밀려가고 있고

'기대'는 자격 있는 사람만이
할 수 있다며 밀어버렸고

어, 잊고 살았던 감정들이
빠져나가기 시작한다.

왜 밀고 밀려나는
파도 소리가
시린지 알겠다.

#사랑에 숨겨진 자만심

'왜 이렇게 나는 불행할까?'

　동아리를 하나 만들었어. 자연스레 회장이 되었지. 그런데 운영진들이 너무 바쁜 거야. 그럼 어떻게, 내가 만들었으니 책임을 져야지. 그래서 모든 일을 도맡아 했어. 의무감 하나로.

　그런데 이상하게 회원들이 나를 점점 피하더라고. 동아리에 대해 좋게 생각도 안 하고. 심지어 몇몇 사람들은 탈퇴를 하겠대. 이게 도대체 무슨 상황인지. 사람들에게 물어보기도 하고 곰곰이 생각도 해봤어. 그 이유는 바로 나 때문이었어.

내가 다 책임져야 한다는 고집

나는 회원들을 위하는 마음으로 모든 일을 맡아 했는데 그게 문제였어. 내가 일을 다 하니까 회원들은 소속감도 들지 않고, 애정이 생기지도 않았던 거지. 나중에는 무슨 일이 생겨도 모른 척하더라고. 나는 힘든 일을 도맡아 하니까 회원들에게 고생을 알아달라는 듯이 짜증을 부리기도 하고.

'내가 이렇게까지 하는데 회원들이 이 정도는 이해해주겠지?'

요구도 당연하게, 거침없이 하게 되면서 불화가 생기고 오해가 생겼던 거지.

엎친 데 덮친 격으로 또 문제가 생기더라. 그 자리를 즐길 수 없다 보니까 스스로가 주저앉게 된 거야. 분명히 그 자리에서 느낄 수 있는 즐거움이 있었는데 말이야. 어느 순간 그것을 보지 못하니까 결국에는 이게 뭐하는 건가 싶더라고. 내가 그 자리에서 행복하지 않으니까 주위 사람들도 힘들어하고.

다시 생각해보면 그 불행은 '내가 모든 것을 다 해야 돼'에서 시작된 거였어. 그 일이 있고 나서 주위에 모든 것을 혼자 다 지려는 사람들이 있을 때 꼭 이렇게 말해줘.

"내가 모든 것을 다 해야 한다는 생각은 의무감에 숨겨진 자만심이에요. 책임감도 의무감도 때로는 나눠주는 게 지혜로운 리더입니다."

아빠, 가끔 아빠가 불행하다는 생각이 들면 모든 짐을 짊어지려고 하는 것은 아닌지 생각해봐. 때로는 모든 문제를 아빠 혼자 끌어안는 것보다 자식이 지어야 할 짐은 자식에게 주고 최소한의 문제를 끌어안는 것이 아빠에게도, 결국 가족에게도 좋다는 것을 알았으면 좋겠어.

아빠가 모든 것을 다 해야 한다는 생각은
사랑에 숨겨진 자만심이라는 것을

아빠가 모든 것을 짊어져야 된다는 생각은
가족을 불행하게 만드는 시작이라는 것을

가족이 있는 이유는
아빠의 그 불행을 만들지 않기 위해 있다는 것을

알았으면 좋겠어.

#시작

아빠,

지금 방으로 가서 문을 잠그고

침대에 털썩 누워 추억을 하나씩 떠올려봐.

할아버지 손 잡고 목욕탕 다녀오던 날

어릴 적 친구들과 해질녁까지 신나게 놀고 오던 날

처음으로 출근해서 하루 종일 실수를 연발하던 날

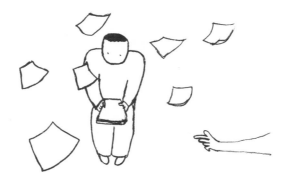

엄마와 함께 신혼집에 들어왔던 날

내가 처음 세상에 나왔을 때 나를 안던 날

가족을 위해 사회에서 자존심과 체면을 내버렸던 날

그래도 가족이 있어서 때로는 힘을 얻어 다시 시작했던 날

그리고
요즘 아빠의 모습.

지금
가슴에 손을 얹고 자신에게 말해줘.

수고했다고.
대견스럽다고.
앞으로도 열심히 살아보자고.

2장

"사실, 사랑하는 법을 모르겠어.
어떻게 해야 하는지 잘 모르겠어.
어떤 말을 해야 할지 어떻게 다가가야 할지
잘 모르겠어"

#미안해, 처음이라서 그래

그 날 그동안 참았던 모든 것이 터졌어.

"엄마랑은 대화가 안 통해! 정말 답답해 미치겠다고. 집에 있으면 편한 게 아니라 숨이 막혀. 차라리 지나다니는 사람 붙잡고 얘기하는 게 더 속편하겠다. 나 도저히 엄마랑 같이 못 살겠어. 집 나갈 거야."

집 나간다는 소리에 엄마는 당황한 거 같았어. 엄마가 제일 싫어하는 말이라는 거 알고 있었거든. 난 그 말에 엄마가 상처받길 원했어. 엄마가 정말 미웠거든. 나는 씩씩대며 짐을 싸기 시작했어. 엄마가 옆에서 이런 식으로 해결하지 말자며 말렸지만 들리지도 않았어. 그리고 가방과 돈을 챙기고 집을 나가려는 순간, 엄마가 뒤에서 조용히 말하더라고.

"미안해. 엄마가 미안해.
엄마가 '엄마'라는 것을 처음 해봐서
지금까지도 뭐가 좋은 엄마인지 몰라서 그래."

아빠, 나는 왜 몰랐던 걸까?
'부모'라는 것은 처음이라는 거

아빠, 나는 왜 몰랐던 걸까?
'부모'는 프로가 될 수 없다는 거

항상 슈퍼맨이 되어주는 게 '부모'라는 건 줄 알고
'아빠, 엄마는 왜 그래?'라며 불평하고, 비교하고, 원망했던 걸까.

세월이 흘러도, 경력이 쌓여도, 아직도 잘 모르겠는 '부모'라는 직업.

그 직업을 가지고 있는 사람은 다 아마추어야.

프로가 될 수 없는 아마추어.

#아빠가 싫다는 것

내 친구 중 한 명은 아버지에 대한 이야기가 나오면 이 말밖에 안 해.

"난 아빠가 싫어."

"왜?"

"난 아빠가 진짜 싫어."

이유는 말해주지 않으면서 계속 싫다고만 하더라고. 이유가 알고 싶어서 단둘이 만났을 때 물어봤지. 처음에는 계속 말을 돌리다가 나중에서야 어렵게 이야기를 꺼내기 시작하더라고.

친구의 이야기를 차근차근 들어보니까 어렸을 때 상처를 많이 받았더라. 아버지의 교육방식과 표현방식이 그 친구에게는 상처였어. 아버지 입장에서는 자식에 대한 걱정으로부터 시작된 사랑이었지만 친구는 그게 감옥이었고 억압이었어. '아버지'라는 이름을 들으면 '권위적', '강요', '명령', '마음대로'가 같이 생각난대. 좀 크고 나서는 아버지가 다가오려고 하면 밀어내거나 모른 척하기도 한다 하더라고. 가끔 아버지께서 술 한잔하자고 하시면 핑계를 대고 거절한대. 잘못된 소통과 사랑의 방식이 그 친구의 마음을 닫게 한 거지.

그런데 가만히 보면 그 친구뿐만이 아니라 많은 부모님과 자식들이 그런 거 같아. 마음의 문이 닫힌 후에도 계속 자신만의 방식으로 소통하려고 하니까. 아빠도 나와 마음을 터놓고 싶어서 다가왔다가 대화의 끝이 싸움일 때가 대부분이잖아. 아빠로서는 당황스럽고 답답하지. 자식들이 예상치 못하게 반응하니까.

어쩌면 아빠와 내가 말이 통하지 않는 것이 당연해. 할아버지는 굉장히 무뚝뚝하셨잖아. 일방통행적인 소통. 아빠도 그렇게 자랐는데 어떻게 요즘 세대에 살고 있는 자식이랑 대화가 제대로 되겠어.

결국, 서로의 표현 방식이 맞지 않아 말문을 닫게 되는 거잖아. 친구에게 아빠의 표현방식은 우리들이랑 많이 다른 것 같다고 이야기해줬어. 그런데 그 친구가 헤어지면서 이런 말을 하더라.

"그런데 가족을 싫어하는 것과 남을 싫어하는 것은 다르더라."

맞아. 많은 자식들은 아버지가 싫다고 해.
대화가 통하지 않는다고.

그런데 아빠, 친구들이 계속해서
'난 아빠가 싫어'라고 말하고 다니지만
진짜 속뜻은 '난 아빠가 싫어'가 아니라
'난 아빠가 미워'라고 이야기하는 거야.

'싫다'가 아니라 '밉다'는
그 사람을 이해하고 싶다는 말이거든.

마음은 이해하고 싶은데 아무리 생각해봐도 이해할 수 없으니까
아빠가 미워지는 거지.

#말, 손, 귀

길을 걷고 있는데, 할아버지 두 분이 손을 잡고 걸어가고 있는 거야. 그 연세에 감정을 투박한 손으로 표현하는 모습이 정말 멋있더라고. 우리들은 서로 사랑하면서도 어떻게 표현해야 하는지 방법을 몰라 많은 오해를 만들잖아.

표현은 그렇게 해야 하는 건가 봐.
'말'로 표현하면 좋지만 그게 힘들다면 '손'으로
'손'으로 표현하기 힘들다면 '귀'로
꼭 말이 아니어도 표정, 눈빛으로라도
'나는 너를 사랑한다'라는 마음을 담아
상대방이 알 수 있도록.

talk hand Listen

talk hand Listen

#아빠와 친구가 되지 못하는 3가지 이유

아빠, 나는 시골에 가서 할머니 옆에 누워 옛날이야기 듣는 게 좋아. 이야기를 듣고 있으면 드라마를 보는 것처럼 그 장면이 머릿속에 그려지더라고. 할머니 이야기를 듣다 보니 자연스럽게 할아버지 이야기를 듣게 되었어.

할아버지는 아버지의 권위를 중요하게 생각하시는 분이었더라고. 하긴 어렸을 때 할아버지의 모습을 떠올리면 친근한 분은 아니었어. 지금 생각해보면 정말 외로워 보이셨어.

어떻게 보면 아빠가 지금 혼란스럽겠다는 생각이 들더라. 아빠가 봐온 아버지는 '권위 있는 아버지', '근엄한 아버지'였는데 지금은 그런 아버지를 원하는 사람은 아무도 없으니까. 친구 같은 아버지를 원하잖아. 아빠와 내가 가까워질 수 없는 이유는 여기 있는 것 같아. 아빠가 보고 자라온 '아버지 상'과 내가 원하는 '아버지 상'이 다르니까. 서로 다른 곳을 바라보고 있잖아. 아빠도 얼마나 답답하고 혼란스럽겠어. 친구 같은 아빠가 되고 싶어도 방법을 모르니까.

그런데 아빠, 방법은 아주 간단해. 서로 대화가 통하면 되거든.
대화를 할 때 딱 3가지만 지켜주면 돼.

첫째, 수직이 아닌 수평으로 시작하기
'명령'이 아니라 '질문'을 하는 거야.
"너 생각은 뭔데?"
"그래서 그 다음 계획은?"

너의 의견을 끝까지 들어보겠다는 마음으로. 그게 친구 간에 대화
할 때 제일 중요하거든. 여기서 주의할 점은 절대 상대방이 말하는
중간에 끼어들면 안 돼.

둘째, 상대방의 감정에 공감하기

아빠는 내가 힘든 것을 이야기하면 알아주고 응원해 주는 게 아니라 잔소리부터 시작하잖아(아, 오해할까봐 이야기하는 건데, 지금 짜증 내는 거 아니고 차분히 이야기하는 거야). 아빠의 첫 번째 대사!

"내가 너만 할 때는 그것보다 더 힘들었어."

이 말과 함께 아빠와 역사여행을 시작하지. 지친 마음으로 아빠에게 갔다가 더 지친 마음으로 여행을 끝낼 때가 있어.

사실 힘든 점을 아빠에게 얘기한 이유는 아빠의 역사이야기를 들으려고 간 것도, 어떤 해결책을 알려달라고 간 것도 아니야. 그냥 '내가 지금 이렇게 힘들다'라는 것을 알아달라고, 그냥 알아만 달라고 간 거야. 그 어려움은 결국, 내가 헤쳐나가야 한다는 것쯤은 알아.

자식과 부모가 대화가 단절되는 순간은 부모님이 나를 이해해주지 못하는구나, 라는 생각이 들 때야. 대화는 서로의 감정을 이해하는 것에서부터 시작되잖아.

셋째, 나의 감정에 솔직해지기

내가 아빠랑 친구가 될 수 없는 가장 큰 이유는 바로, 아빠가 나에게 '아빠'로 다가오지 않기 때문이야. 아빠가 '가장'으로 다가오니까 쉽게 다가갈 수 없더라고. 그러니까 '가장'으로 가족을 대하지 말고 '아빠'로 가족을 대해줘. '가장이기 때문에'라는 생각을 버리고 '사람이기 때문에'로 대화하기. 그러니까 내 말은

'가장이기 때문에 나의 약한 모습을 자식에게는 드러낼 수 없어'가 아니라, 사람이기 때문에 나도 이런 점이 힘들고 이런 점이 마음 아파'라는 마음으로.

나는 아빠에 대해 아는 것이 별로 없어. 가장의 모습만 보아왔으니까. 아빠가 어떤 사람인지도 몰라. 어떤 것을 좋아하고, 어떤 생각을 가지고 살아왔는지.

아빠, 나는 이제 가장이 아닌 아빠의 모습을 보고 싶어. 그래서 친구 같은 사이가 되고 싶어. 친구처럼 이것저것 말할 수 있는 사이. 주변에는 부모님과 친구처럼 지내는 애들도 있거든. 그래서 자신의 일을 거리낌 없이 부모님과 상의하고, 그러면서 든든함을 느끼고 내가 부모님께 사랑받고 있는 것을 항상 느끼는 친구들. 나는 그런 친구들이 부럽더라고.

#나는 누구 거지?

카페에 앉아 있는데 옆 테이블에 커플이 와서 하나처럼 꼭 붙어 앉는 거야. 노트북을 열고 내 일에 집중해야 하는데, 왜 그런 거 있잖아, 궁금한 거. 서로 소곤소곤 이야기하면서 낄낄 웃길래 귀를 기울여봤지. 그런데 아빠, 이 커플 아주 못쓰겠더라. 남자가 몹쓸 질문을 하나 하더라고.

"자기는 누구 거?"

여자는 실실 웃으면서 남자 귀에 입을 대고 이렇게 대답하는 거야.

"자기 거."

아주 지네가(질투가 나서 표현이 좀 그래) 하나라도 될 줄 아나 봐.

그런데 얼마 전에 이런 비슷한 상황을 봤었어. 길을 지나가는데 엄마가 아이를 이뻐 죽겠다는 표정으로 바라보면서

"아유- 아들 왜 이렇게 예뻐? 우리 아들은 누구 거?"

나도 모르게 속으로 대답했어. 누구 거긴 누구 거야. 누구의 것도 아니지. 왜 부모님들 중에 자식을 향한 사랑이 넘쳐서 자식을 소유물로 생각하는 분들이 있잖아. 그런데 어렸을 때는 눈에 넣어도 아프지 않은 자식이었다가 반항하기 시작하면 빨리 군대에 보내고 싶어해(얼마 전에는 엄마가 동생이랑 싸우고 딸도 군대를 보내야 한다면서 여성징병제운동(?)을 할 기세더라고).

사실 자식들이 부모님께 반항하는 이유 중 하나는 나를 '인격체'로 보는 것이 아니라 '소유물'로 보기 때문이야. 특히 '너를 위해서야'라고 말하면서 부모님이 생각하는 기준에 나를 끼워 맞추려고 할 때. 그때 우리들은 주체성을 찾기 위해 반항을 해. 나도 그래서 엄마랑 엄청 싸웠잖아.

"엄마, 엄마 생각대로 따라오지 않으면 불안해서 그래?"

"맞아. 엄마는 불안해."

"엄마도 알잖아. 다들 살아가는 방식이 다르다는 거. 나에 대한 엄마의 욕심을 조금 버려주면 안 될까?"

우리들은 부모님의 많은 기대 아래서 살아야 해. 그래서인지 나의 의사가 존중될 때가 많지 않아. '내가 낳은 자식이고 내가 키운 자식이니까'라는 생각으로 만들어진 기대 때문에 나를 제대로 보지 못하는 것 같아. 그것이 아빠의 욕심을 만들고 그 욕심으로 이끌려고 할 때 나를 소유물로 생각하고 있다는 기분이 들어.

어쩌면 아빠에게 상처가 될 수 있는 말이지만 이 말은 꼭 전해주고 싶었어.

아빠의 인생과 나의 인생은 교집합을 이루고 있는 것이지
내가 아빠의 원 안에 포함된 것이 아니라고 생각해.
나를 아빠가 만든 사람이나 아빠가 만들 사람이 아닌
아빠와 만난 사람이라고 생각해줬으면 좋겠어.

지금 아빠에게 글을 쓰는 순간에도 앞에서 말한 커플을 보고 있자니 참 못 봐주겠다. 서로 자신의 것이라며 자웅동체가 되려고 하는 것 같아. 어? 잠시만 — 이제는 서로 외계어를 구사해. 어린이집에 데려다 놓아도 아무도 알아들을 수 없는 언어로. 혀 짧은, 아니 혀 없는 듯한, 그 둘만 이해할 수 있는 언어로 이야기하고 있어.

아빠, 모순적이게도 부모님에게 인격체로 인정받기 원하면서 애인에게는 소유물로 인정받으려고 해. 하지만 기분 나빠하지 마. 사고 싶은 물건을 사기 전에는 보기만 해도 행복하지만 막상 가지면 금방 질리잖아. 서로를 물건처럼 소유하려고 하는 커플들은 금방 질려하거든. 물론 이 이론은 내 질투가 섞인 개인적인 주장지만. 저런 커플을 보고 있으면 나도 모르게 이런 철없는 생각이 든다니까.

'하 — 나는 누구 거지?'

#순간순간

"엄마는 너가 어떤 직업을 가졌으면 좋겠고, 언제 결혼했으면 좋겠어."

엄마가 나의 미래에 대해 이야기를 하시더라고.
그래서 엄마에게 간절함을 담아 이야기했어.

엄마, 나는 엄마 대본대로 살 수 없어.
그 대본처럼 결혼하지 않을 수도 있고,
아이를 낳지 않을 수도 있어.
그 대본처럼 안정적이게 살지 않을 수도 있고,
마지막이 해피엔딩이 아닐 수도 있어.

미리 짜놓은 대본은 내려놓고
살아가고 있는 이 순간순간을 대본으로 써줘.

#삶의 지식, 삶의 지혜

나에게 삶의 지식을 알려주지 말고
삶의 지혜를 알려줘.

이 세상에서 먹고살 수 있는 방법을 알려주지 말고
이 세상을 보고 느낄 수 있는 눈을 줘.

어떤 생각으로 살아야 하는지.
어떤 시선으로 세상을 바라봐야 하는지.

세상이 빠르게 변화하는 시대에서
지식은 금방 무용지물이 되지만
삶의 지혜는 가슴에 오래 살아남잖아.

더 빠르게 변할 세상에서 살아야 하는 우리가
삶의 지식은 누구보다도 많이 듣지만
삶의 지혜는 점점 듣기가 어려워졌거든.

인생 선배에게 배워야 할 것은
삶의 지식이 아니라 삶의 지혜야.

#그냥 믿어줘

어제 저녁에 친구들하고 고깃집에서 만났는데, 뒤에서 평소 아빠에게 많이 듣는 말이 들리는 거야.

"(격양된 목소리로) 나는 너가 도저히 이해가 안 된다!"

한 아들과 아버지가 싸우고 있었고 옆에서 어머니는 어찌할 바를 모르고 계시더라고. 어머니는 아들과 아버지를 화해시키려고 자리를 마련하신 것 같았는데 계획대로 잘되지 않은 것 같았어. 아버지는 대화가 통하지 않자 아들에게 소리치셨고 자식이 뛰쳐나가려고 하는 것을 어머니가 붙잡고 계셨지. 그 장면을 보니까 우리가 보이더라고. 그럴 때마다 내가 아빠에게 이야기하잖아.

"아빠, 나를 이해하려 하지 말고 그냥 믿어줘."

아빠가 볼 때 저러다 구덩이에 빠질 것 같을 때에는
한마디 조언을 하고 한 발 뒤에서 바라봐 줘.
설령 구렁텅이 앞에서 우물쭈물 망설이고 있어도,
그 조언을 듣는 둥 마는 둥 하고 있어도.

아빠도 알잖아. 내가 앞으로 살아갈 인생길에는 수없이 많은 구렁
텅이가 있다는 걸. 그냥 빠져 보라고 해. 그리고 스스로 나오는 걸 지
켜봐줘. 가슴이 아파도 그냥 나를 믿고 지켜봐줘. 그리고 넘어지면 옆
에 와서 아무 말 없이 '내가 항상 옆에 있다'는 것만 느끼게 해줘. 다
시 일어날 수 있게. 항상 내 옆에 누군가 있다는 것을 느끼게 해주는
거. 그게 가족이잖아.

알아, 아빠가 왜 그러는지.
지켜만 보기에는 너무 불안한 거. 남보다 뒤처질까, 무시당할까, 실
패한 사람이 될까.

그런데 아빠, 아빠가 나를 믿지 못하면 누가 나를 믿어주겠어.

나도 어느 누구보다 잘하고 싶고
나도 열심히 살아보고 싶어.

아빠, 나를 믿고 지켜봐 줘.

#아휴

아휴, 그 많은 것을 어떻게 다 해.

돈 잘 벌어오는 아버지
집안일 한두 개쯤은 알아서 하는 아버지
술 먹고 잔소리하지 않는 아버지
고지식하지 않는 아버지
주말마다 가족여행 다니는 아버지
    ⋮
    ⋮
나의 모든 것을 이해해 줄 수 있는 아버지.

세상에 완벽한 아버지가 어딨어?

그러지 말고, 딱 한 가지만!
아빠가 생각하는 '진짜 아버지'

#엄마는 고수야

엄마랑 싸우면서 날카로운 말들을 내던지면
엄마는 조용히 듣고만 있어.
나는 화가 나기도 하고 엄마가 아무 말을 하고 있지 않으니까
더 독하게 내 할 말만 하고 방에 들어와.
그러면 그때, 엄마의 공격이 시작돼.
미안함이 물밀 듯이 밀려와서 나를 불편하게 해.

밤에 더 이상 보지 않을 듯이 엄마랑 싸우고 잠을 잤는데
다음 날 아침에 엄마가 밥 먹으라고 깨울 때
그때 이 싸움은 엄마가 이긴 거구나 느껴.
어제 느꼈던 미움을 고마움으로 바꾸게 만들 때.

그때 깨달아.
내가 졌구나.

엄마의 의견에 내 생각을 이야기하면
엄마는 내 말을 가만히 듣고 인정할 건 인정해.
"그러네, 그 부분에 대해서는 잘 몰랐네."

엄마의 말 한마디에 마음이 상해
그 말은 좋지 않게 들렸다고 하면
엄마는 그런 의도가 없었다며 사과를 해.
그러다 보니 싸우지 않게 되더라고.

그때 깨달아.
이게 현명한 거구나.

바로 인정하고 사과하는 것이
지는 게 아니구나.

싸움은 이렇게 하는 건가 봐.
진 것이 진 게 아니듯
상대방이 스스로 느끼게끔─

하여튼 이것을 싸움에 이용하는 엄마는 고수라니까.

#영순 씨

나는 엄마를 부를 때 '엄마'라고 부르지 않아.
이름으로 엄마를 불러.
'영순 씨'
처음에 엄마는 어른에게 무슨 말버릇이냐며 탐탁지 않아 했지만
이제는 '영순 씨'라고 불러야 대답을 해주더라고.

이름을 부르다 보니까 알게 된 것이 있어.
엄마의 이름은 어디서도 불러 주지 않더라고.
밖에서는 누구의 어머니, 누구의 아내로
집에서는 엄마, 가정주부로 살고 있더라고.

어디선가 자신의 이름이 불린다는 것이
누군가 내 이름을 불러준다는 것이
엄마에게는 낯선 일이었나 봐.

아빠, 이제는
'당신'
'○○ 엄마'가 아니라

'영순아!'라고 불러줘.

그래야 엄마도 잊지 않을 거야.

'영순'이 주인공이고 '주부'가 조연이라는 것을.
'영순'이 엑스트라가 아니라 '엄마'가 엑스트라라는 것을.

이 영화의 총감독은 '○○의 아내'가 아니라 '본인'이라는 것을.

Ready~
Action !!

#할머니

찾아가면 늙은이랑 같이 있는 게 미안하다며
변변치 않은 거 내주는 게 미안하다고.
어릴 때부터 남들보다 못 해준 게 미안하다며
못난 엄마라서 미안하다고.

축 늘어진 가슴으로 눈 떨구며
부모로서 염치없다고.

부모가 자식에게 갖는 미안함은
가슴에 얹힌 뜨거운 감자 같아서

당신의 어리디 어린 손으로
찬 김치 한쪽 쭉 찢어 넣어주면 좋을 텐데―

우리는 세상을 휘어잡을 울음으로 왕처럼 태어나
점점 작아지는 죄인으로 떠나는 존재인가 봐.

#다시 태어난다면

"다시 태어난다면"이라는 질문을 들으면 참 슬퍼.

살고 있는 이 생을 잠시 벗어나
다른 생을 상상한다는 것에
행복함을 느낄 수 있다는 게.

다시 태어난다면-

누군가는
다른 직업을 선택할 것이라 말하고
누구의 얼굴로 태어나고 싶다고 말하고

한 분은 이렇게 말씀하시더라고.
지금 이 생 그대로 다시 살고 싶다고.
지금 인연 다시 만나 더 잘해줄 거라고.
한번 해봐서 더 잘할 수 있대.

음, 나는 그런 멋진 대답은 못하고.

글쎄, 나는 사람으로는 태어나고 싶진 않아.
그렇다고 동물로도 태어나고 싶지 않아.

나무? 요즘 식물들도 살기 쉽지 않지.

그래, 별이 좋겠다.
별로 태어나고 싶어.

당신이 있어,
당신 덕분에.

#생각나?

내가 계단을 겨우겨우 올라갈 수 있었을 때
아빠는 내 손을 잡고 계단을 한 발 한 발 올라가면서 그랬잖아.
"아이고- 잘한다. 한 계단 더. 하나만 더."
그때 그랬듯이. 이번에도 그렇게 말해줘.

"아이고- 잘한다. 한 번만 더. 한 번만 더."

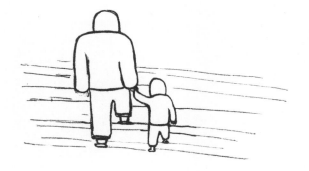

내가 막 엄마의 뱃속에서 나왔을 때
아빠가 탯줄을 자르면서 나한테 그랬잖아.
"건강히만 자라다오."
그때 그랬듯이. 이번에도 그렇게 말해줘.

"난 그냥 너가 건강히만 자랐으면 좋겠다."

엄마가 나를 가졌을 때
아빠가 엄마 배에 대고 나한테 그랬잖아.
"우리 가족 서로 잘해 보자.
행복하게 잘 살아 보자."
그때 그랬듯이. 이번에도 그렇게 말해줘.

"우리 잘해 보자. 잘 살아 보자."

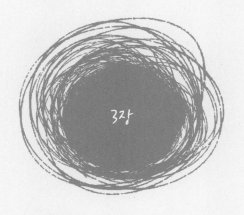

3장

"외로워서 그래, 외로워서.
젊었을 때는 앞만 보고 달려야 하니까
외로움도 모르고 살았는데
요즘 들어 주위를 둘러보니까 아무도 없더라."

#시원 익숙한 냄새

문을 열고 들어올 때부터
삐뚤빼뚤한 걸음걸이, 시원 익숙한 냄새

내가 술 먹은 김에 하는 얘기인데 -
넌 그러면 안 돼 -
내가 생각할 때 그건 아니야 -

알았어.

무슨 이야기가 하고 싶은 걸까.
그래서 나에게 하고 싶은 말이 뭐지.

한참을 뒤척이다 잠이 들 찰나에
알겠더라고
하고 싶은 말이 무엇인지

'외로워.
외롭다고.
어느 순간부터 나는 이방인이 되었다고.'

#서툰 자식

"왜 갑자기, 저 여자는 저 남자랑 사귀는 거야?"
"어? 쟤는 언제 병원에 입원했대?"
"그래서 회장이 허락한 거야?"

"아, 몰라."

드라마를 같이 보고 있는 아빠와 나의 모습. 아빠의 갑작스러운 질문이 왜 불편할까? 아마 말이 없고, 무뚝뚝하고, 거리감 있는 모습이 익숙했는데 조금씩 다가오려는 아빠의 모습이 낯설어서 그런 것 같아. 그러면 나도 조금씩 다가가면 되는데 알게 모르게 생긴 벽이 느껴져서 다가가기가 쉽지 않아.

친구 아버지가 이런 말씀을 하셨다는 거야.

지금까지는 가족을 위해 앞만 보고 달려오셨대. 그런데 퇴직하고 나서 보니까 자신에게 있는 건 불안한 미래와 외로움밖에 없다는 거야. 자식에게 다가가려고 했더니 다들 피한다고. 자신의 모습이 마치 수사자 같다고 하시더래. 늙은 수사자는 힘이 없어지면 자신이 보호했던 무리에서 떨어져 나와 혼자 생을 마감하잖아. 가족을 위해 열심히 살았더니 결국에는 무리에서 쫓겨난 신세와 똑같다는 말씀을 하신 것 같아.

왜 나는 나이 먹은 수사자가 다가오려고 하면
슬금슬금 피하는 걸까.
혼자 무리 주위를 어슬렁어슬렁 돌아다니는 것을 알면서
다가가지 못할까.
일생을 무리의 안녕을 위해 바쳤는데
왜 고마움보다는 어색함과 미움이 앞설까.

친구 아버지가 마지막에 나지막이 이런 말씀을 하셨대.

'가족 간에 사랑은 내리사랑밖에 없어.'

이 말에서 나는 쓸쓸함이 느껴졌지만
아직 가슴으로 그 말이 다가오지 않더라고.

'내리사랑'

대부분 '내리사랑'을 가슴으로 느낄 때는
그리움이 가장 큰 후회를 남긴다는 것을 깨달았을 때더라고.
그래서 자식들은 부모님 앞에서 만큼은 평생 서툴 수밖에 없나봐.

가족에게 서툴게 다가오는 아버지.
그 모습이 불편한 서툰 자식.

왜 많은 사람들이 서툰 자신의 모습을 싫어하는 이유를 알겠어.

#

아무도 없어서 외로운 것보다
옆에 있는데
내 이야기를 들어줄 사람 하나
없다는 것이 얼마나 더 외로운 것인지

내 이야기를 이해할 수 있을까.
그저 나를 받아들일까.

#미움몰이

어렸을 때였어. 처음으로 집과 내 방을 선 그어 따로 분리하고 싶었던 적이. 아빠와 엄마가 싸울 때. 지금은 '그건 엄마가 잘못했네, 아빠가 잘못했네, 아빠가 화낼 만하네'라고 생각할 수 있지만, 당시에는 내 앞에서, 그것도 부모님이 싸우는 것은 큰 공포였지. 그래서 누가 먼저랄 것도 없이 목소리가 높아지면 방에 들어가 우선 선을 그었어.

저것은 내 일이 아니오. 내 땅은 조용합니다.

그런데 아무리 선을 그어도 그 공포가 지속적으로 이어질 때, 거기서 벗어나기 위해 다른 방법을 선택했어. 적을 만들어 미워하는 거. 그 미움이 커지면 커질수록 공포에서는 벗어났거든. 당연히 누구를 미워했겠어. 아빠보다는 엄마랑 많은 시간을 함께 보냈는데.

'왜 저렇게 화를 내는 거야?'
'왜 엄마한테 소리를 지르는 거야?'

아빠에게 모든 화가 향했어. 밖에서 무슨 일을 겪고 들어온 것인지, 무슨 일 때문에 저렇게 언성을 높이는 지는 중요하지 않았지. 한 가지 단점이 보이기 시작하면 모든 단점이 다 보이기 시작한다는 말이 있잖아.

아마 그때부터
아빠에 대한 미움몰이가 시작됐나봐.

#제일 무서운 것

아빠, 사춘기 시절 친구들과 길을 걸어가다 '제일 무서운 것'에 대해 이야기한 적이 있어. 친구들은 뱀이 제일 무섭다, 귀신이 무섭다고 하더라고. 어떤 친구는 여자가 무섭다고 하기도 했어.

나는 뭐라고 이야기했는 줄 알아?

"나는 어른들이 제일 무섭더라."

사실 그때도, 지금도 어른이 제일 무서워. 어른들이 생각하는 기준에 내가 들어가 있지 않으면 틀렸다고 했어. 다르다는 것을 잘 인정해주지 않았지.

"안 돼."

"왜 안 되는데?"

"아빠가 안 된다고 하면 안 돼."

　사실 미성숙한 생각이 대부분이었지만 그때는 나만의 생각이 있다는 것을 인정받고 싶었어. 나도 알아서 할 수 있다는 것을 보여주고 싶었지. 그런데 아빠는 그런 행동과 생각조차 철없다고 생각을 해서 무시할 때가 대부분이었어.

　그때부터인 것 같아. 지금 생각해보면 올바른 방법은 아니었지만 내 생각을 이해해줄 수 없다는 것을 알고 말을 점차 줄여갔지. 시간이 지날수록 이해를 바라지 않고 입을 닫는 방법을 선택했어. 그래서 가끔은 더욱 화를 내며 대들 때도 있었지. 말을 하지 않아도 부모님이 모든 것을 알아주기를 바랬거든.

그때를 되돌아보면 힘들고 아프다는 서툰 표현이었어. 하지만 어른들은 '왜'가 아니라 '무엇을' 했는가에 초점을 맞추시더라고. 그 행동에 대한 옳음과 그름만 판단하고. 그래서 더욱 미웠고, 더 방황을 했지.

친구는 내 마음을 이해해주니까 그때는 부모님보다 친구가 더 좋더라. 그래서 친구를 위해 철없는 행동을 하기도 했어. 친구가 가출을 하고 싶어 하길래 돈을 쥐어주고 서울역으로 배웅까지 나갔지. 잘 갔다 오라고. 그 친구는 집에서 벗어나고 싶어 했거든.

며칠 후, 밤늦게 친구 어머니께 전화가 왔어.

"혹시 ○○ 엄마인데, 친구 맞니?"

"아, 안녕하세요. 네, 친구 맞아요."

"며칠째 집에 안 들어오고 있는데 혹시 어디 있는지 아니?"

"아, 잘 모르겠는데요."

지금 생각해보면 어머니께 해서는 안 되는 짓이었지만, 그 친구가 어디에 있는지 알면서도 말하고 싶지 않았어. 그 어머니가 미웠었거든.

'그 친구는 지금 시위하는 거예요. 가족이 버겁다고. 거기서 도망치고 싶다고.'

그렇게 부모님에게 이해받을 수 없다고 느껴질 때
입을 닫고,
상황이 버틸 수 없는 무게로 느껴질 때

도망가고 싶어지고,
그렇게 만든 부모님을
이해하려 노력하기보다 원망하면서 밀어내.

#짝사랑을 했었다

짝사랑을 했었다. 라는 문장은 결말을 이야기해주고 있지만
결말대로 다 지워지지는 않잖아.

그 사람 앞에서는 모든 게 어설퍼 보여서
어떻게 마음을 알려야 하는지.

내 감정을 표현해야 하니까 그것만 생각했지.
말로는 부끄러워서 못하고
나는 너에게 좋은 감정을 가지고 있어.

맛있는 음식을 보면 같이 먹고 싶으니까.
사다주고. 사다주고. 사다주고.

내 감정만 생각했어.

갑작스러운 관심은
부담이 되고
불편이 되고
피하게 되고.

그냥 그렇게
짝사랑을 했다.
아니, 짝사랑을 했었다고.

#세를 주다

우리가 자라나면서
마음에 각자 주인이 있는 방이 하나씩 만들어져.

원래는 주인이 입주해서 방을 가꾸며 살아야 하는데
가끔 그 사람이 오랫동안 자리를 비울 때가 있어.

기다리다 기다리다 돌아오지 않으면
그 방,
세를 내줘.

아픔으로 원망으로
추억으로 그리움으로
그래야 허하지 않거든.

그런데도
기다리다 기다리다
더 이상 지쳐
공허함에 다시 사무칠 때쯤

우리는 주인을 바꿔.

그래야 그 방이, 아니 내 마음이
온기가 들거든.

그 전까지 우리는 세를 내주며
기다리고 있어.

네 곁에 있을

네 편이 되줄

#사랑한다의 반대말

사랑한다의 반대말은
'미워한다, 싫어한다'가 아니라는 것을.
사랑한다의 명백한 반대말은
'사랑했었다'라는 과거형이라는 것을.

　　　　　　　　　　－〈로맨스가 필요해〉 시즌2 대사 中

맞아,
그 사람을 미워하고 있다는 것
그것도 사랑을 하고 있다는 것.

이 사람이 나를 사랑하네, 사랑하지 않네는
함부로 이야기할 수 없는 것.

그 사람이 떠나고 아는 것

#이해

인간관계에서 생기는 문제로 괴로울 때
가장 먼저 생각하는 것이 '그 사람이 왜 그랬을까?'야.
납득이 되어야지 그 사람을 이해할 수 있더라고.
아니, 더 솔직하게 말하면 이해해야 내가 편해지더라고.
그래서 주위 사람들은 그렇게 잘 이해하는데
가족만큼은 그게 쉽지 않아.

아빠를 '아버지'로 이해하려고 하니까.
엄마를 '어머니'로 이해하려고 하니까.
그러니까 이해를 못하겠더라고.

이제는 나와 다른 시대를 살아왔던
한 '인간'으로 이해해보려고.

가정을 책임져야 했던
한 '가장'으로 이해해 보려고.
그러면 훨씬 이해하기가 편할 것 같아.

#싸우지마

싸우지 마

내가 좋지 않은 습관을 보일 때마다
"하여튼 그런 건 너희 엄마를 닮아서."
"무슨 소리야? 그건 너희 아빠를 닮아서 그래."
"무슨 말을 그렇게 해?"
"딱 자기가 하는 행동이잖아."
"내가 언제 저랬어?"

음,
날 사이에 두고 왜 싸우는지는 모르겠지만
답은 이 안에 있어.

#오늘은 쉬어야지

고등학교 때 간절하게 기도한 것이 있어.

"경주마가 되고 싶어요."

공부에만 미쳐서 앞만 보고 달리는 경주마. 내가 다른 곳을 보려고 하면 계속 채찍질해달라고 기도했어. 수단과 방법을 가리지 않고 혹독하게 혼내달라고 했지.

나는 왜 공부를 해야 하는지도 모르겠고 하기도 싫은 거야. 그런데 어떡해, 모두들 지금 공부하지 않으면 인생의 낙오자가 될 거라며 겁을 잔뜩 주는데! 그래서 경주마처럼 되게 해달라고 기도했지.

그리고 몇 달 뒤에 다시 기도를 했어.

"그 기도 취소할게요."

한 친구를 보니까 안 되겠더라고. 그 친구는 내가 되고 싶은 경주마처럼 공부하고 있었어. 학교를 가는 버스 안에서도 책을 들고 있었고, 쉬는 시간은 물론 점심시간에도 공부를 했어. 독서실을 갈 때도 뭐라도 먹자고 하면 시간 아까워 간편하게 먹자는 친구였어. 쉬는 시간도 낭비라고 생각하더라고. 신기하잖아. 공부를 열심히 하는 이유가 뭔지 궁금해서 물어봤지.

"공부를 이렇게 열심히 하는 이유가 뭐야?"

그랬더니 친구가 이렇게 대답하더라고.

"공부를 하지 않으면 불안해서."

그 친구는 자신이 왜 달려야 하는지 이유도 모른 채 불안하니까 스스로 채찍질하며 달리는 친구였어. 성적이 공부한 것만큼 나오지 않으니까 더 불안해하고, 그러다 보니 스스로를 더 채찍질하더라고.

어느 날은 친구 여럿이서 재미있게 놀고 있는데, 갑자기 집에 가겠다는 거야. 공부하러 가봐야 한대. 이 시간에 다른 친구들은 공부하고 있으니까 불안하다고 했어. 끊임없이 공부하는 것 자체에서 자신의 존재 의미를 찾고 있었어. 공부를 하지 않으면 자신이 쓸모없다고 생각했지. 그 친구를 보면서 느낀 것이 있어.

'아, 목표 없이 불안으로 채찍질하면서 달려가는 경주마의 눈은 생기가 없구나.'

그 친구는 졸업 후 쉴 수 있는 자유가 주어져도 쉬질 못했어. 각종 시험을 준비하더라고. 단지 '불안하다'는 이유로.

그런데 요즘 아빠의 눈을 보면 그 친구의 눈이 떠오르더라고.

생기가 없는 눈.

아빠, '불안'으로 스스로를 너무 몰아붙이지 않았으면 좋겠어. 채찍질하지 않았으면 좋겠어.

'불안'을 삶의 원동력으로 삼는다면 아빠는 계속해서 달릴 수밖에 없는 경주마가 될 거야. 그 경주마는 멈추고 싶어도 멈출 수가 없어. '불안'이 계속해서 채찍질하거든. 그 경주마는 자유를 즐길 줄 몰라. 스스로에게 '여유'라는 것을 준 적이 없거든.

'불안'을 '여유'로 잠재우는 것도
연습이 필요하다고 생각해.
여유는 저절로 생기는 것이 아니라
만들어야 생기는 거니까.

하루에 한 시간이라도 혼자만의 시간을 가졌으면 좋겠어.
아무도 간섭할 수 없는 시간.
직장도. 가족도. 술도
오직 '나'만 간섭할 수 있는 시간

#또 다른 외로움

나 내년에 학교 좀 쉬려고
왜, 입대하려고?
아니, 아직 생각은 없어
그럼 왜 쉬려고 하는 건데?

앞으로도 계속 밀려 살 것 같아서.
물이 위에서 아래로 떠밀려 내려가듯.
여기서 멈추지 않으면
자연스레 밀려 내려갈 것 같아서.

나에게 창피할 것 같아서 그래.
생기는 물음에 대해
어설프게라도 설명을 할 수 있어야
그래도 조금, 체면은 서니까.

이제는 잠시 멈춰 물어보려고.
왜, 왜, 왜

그리고 중얼거려 보려고.

외로워질까 두려워하지 마.
이제는 버릴 수 없는 거야.
외로워야 시작할 수 있어.

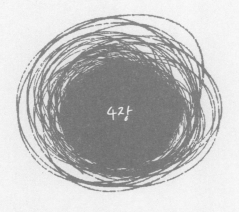

4장

"앞서 당신이 발자취를 남기며 걸어가는 이유"

#청춘이라면

청춘이라면

멀리 보고,
도전적이고,
꿈을 꾸어야 한다고 말해.

그래야지 청춘이라고 불릴 자격이 된다고 하더라고.

그런데 아빠,
나도 멀리 보고 싶은데
눈앞에 있는 산이 너무 커서 멀리 볼 수 없어.
나도 무언가에 도전하면서 살고 싶은데 그러기도 전에 빚이 생겨.
나도 꿈을 꾸고 싶은데 꿈을 꾸는 것이 사치로 느껴져.

아빠,
나도 나를 청춘이라고 부르고 싶어.

#나이

20살이 되던 해에 친구가 진지한 이야기를 하면서 이런 말을 하더라.

"사람들은 내 나이를 20살로 알고 있는데, 난 20살이 아니야. 0살이야."

아빠는 이 말을 들으면 무슨 뜻인지 이해할 수 있겠어? 아빠 친구가 '난 네가 알고 있는 그 나이가 아니야, 난 0살이야'라고 이야기한다면 아빠는 어떤 반응을 할 것 같아? 나는 속으로 '얘가 지금 무슨 말을 하는 거야?'라는 생각이 드는 찰나에 친구가 말을 이어갔어.

"내가 앞으로 뭘 해야 할지, 뭘 하고 싶은지 모르겠어. 내가 0살인 느낌이야."

그 말이 지금까지도 잊히지 않아.

'나는 0살이다.'

어렸을 때부터 좋은 대학이 인생의 목표였어. 집에서도, 학교에서도 대학만이 살길이라고 하니까. 내가 누구인지, 뭘 할 때 즐거운지, 뭘 잘하는지 알 시간도 없었고, 그 누구도 방법을 알려주지 않았어. 아니, 방법은 둘째치고 무엇보다 중요한, 나에 대해 먼저 알아야 한다는 것도 알려주지 않았으니까.

어린 시절을 생각해보면 초등학생 때부터 다양한 학원을 다녔어. 미술학원, 음악학원, 공부방, 태권도— . 하루가 눈 깜짝할 사이에 금방 갔어. 친구들과 보내는 시간보다 학원선생님과 보내는 시간이 더 많았어.

그리고 중학교에 들어갔지. 중학교에 들어가자마자 내 눈앞에 뭘 떡 하니 갖다놓더라고. 특목고. 거길 들어가면 행복하고 편하게 살 수 있대. 그래서 나는 그곳을 바라보며 중학교 3년을 보냈어. 결국 실력이 되지 않아 일반고에 들어갔지. 그런데 고등학교에 들어가자마자 또 한 방향을 보게 하더라고. 좋은 대학.

그런데 아빠, 참 아이러니한 상황이 고3 때 와. 대학에서 무엇을 전공할 건지 정하래. 앞으로 어떤 길을 걸어갈지, 처음으로 결정하는 거지. 하지만 우리는 대부분 그 문 앞에서 멍하니 쳐다보고 있어. 내가 뭘 좋아하는지, 어떤 것에 관심이 있는지 모르거든. 그래서 평범한 입시생들은 점수에 맞춰 그 문을 선택해. 그때서야 나에 대해 생각할 수 있는 기회가 주어지지.

결국 그때 우리가 선택할 수 있는 것은 전과나 휴학이야. 그 시기에 해야 할 생각들을 하지 못해서 바로 갈 수 있는 길을 돌아가는 거지.

그러나 이 마저도 용기 있는 사람이 하는 거야. 내 주위에는 전공이 맞지 않거나 하고 싶은 것이 생겨도 쉽게 바꾸지 못하는 사람이 많아. 왜냐하면 우리는 스스로 방향을 바꾸는데 많은 두려움을 느끼거든. 지금까지 누군가가 정해준 길을 걸어 왔으니까. 지금까지 떠밀리듯 살아왔으니까.

그래서
그래서
우리는 0살이야.

이 나이는 세월이 간다고 저절로 먹는 나이도 아니고, 공부를 많이 한다고 먹는 나이도 아니야. 내 인생의 주체를 나로 인정하고 앞으로 나아가려는 시도를 해야 먹는 나이인거지. 시간이 흘러간다고, 육체적 나이가 들어간다고 다 어른이 아니잖아.

아빠, 나도 이제부터
진정으로 나이를 먹는 어른이 되고 싶어.

#나는 내가 싫다

대학 면접 보던 날, 수험번호 대로 자리에 앉아 내 순서를 기다리고 있었어. 3명씩 복도에 앉아 대기하고 있는데 면접 본 사람이 나오는 거야. 그 사람을 쳐다봤어. 그런데 아빠, 내가 점점 싫어지더라. 그 사람이 울 것 같은 표정으로 고개를 숙이고 나오는데 그 모습을 보고 왜 안심이 되는지. 내가 참 무섭더라.

조별로 발표수업을 하는데 교수님이 학생들에게 채점표를 주시면서 발표하는 조를 직접 채점하래. 그 점수의 평균으로 학점을 주겠다고 하셨어. 각 채점 항목에 따라 점수를 줘야 했기 때문에 다른 조 발표를 유심히 봤지. 그런데 아빠, 내가 점점 싫어지더라. 친구가 발표를 잘하면 기분이 나쁘고, 발표를 못하면 기분이 좋아지더라고. 내가 참 무섭더라.

언젠가부터 친구들과 동질감보다 경쟁심을 느껴왔어. 무엇이든 더 잘해야 칭찬받을 수 있었으니까. 누군가가 만들어 놓은 기준은 친구와 경쟁하게 만들었고, 그 기준으로 나를 비교했어. 그리고 나는 그 기준에서 낙오되지 않으려고 발버둥을 쳤지. 그래야 내가 '최악은 아니구나'라는 안도감으로 버틸 수 있으니까. 그래서 가끔은 친구인데도 서로 가면을 쓰고 있는 거 같은 느낌이 들었어.

치열한 경쟁을 뚫고 대학에 들어가면 그러지 않아도 되는 줄 알았는데 그때부터가 시작이더라고. 취업이라는 피 튀기는 전쟁터가 기다리고 있고, 그 후에도 경쟁을 계속해야 하잖아.

그러다 보니 친구를 비교 수단으로 삼아
어느 순간 내가 친구를 밟고 일어서야 안심하고 있더라고.

알아.
앞으로도 경쟁해서 이겨야 한다는 거.
그래야 살아남을 수 있다는 거.

그런데 아빠,
친구를 친구로 느끼지 못하는 내가 싫어.
사람 옆에 있는 것보다 사람 위에 서야 안심하는 내가 싫어.
'나니까'가 아니라 '남보다'로 나를 판단하려고 하는 내가 싫어.

아빠, 이러한 내가
나는 싫다.

#물음

대학생이 되고 나서 고등학교를 갔어. 선생님도 뵙고 후배들도 보러. 후배들이 묻더라고. 대학은 어떤 곳이냐고. 그래서 내가 다시 물었어.

"너희들이 생각하는 대학은 어떤 곳인 거 같아? 한 명씩 이야기해 봐."

그랬더니 한 여학생이 손을 들고 이야기하더라고.

"연애를 마음껏 할 수 있는 곳이요."
"맞아, 누가 연애를 못하게 하지는 않아. 그런데 없어. 생기질 않아."

그동안 생각했던 대학의 모습을 하나씩 이야기하더라고.

"듣고 싶은 수업을 선택해서 들을 수 있는 곳이요."
"공부다운 공부를 할 수 있는 곳이요."

"자유로운 곳이요."

아빠, 후배들에게 하나씩 답을 해주었더니 표정들이 좋지 않지 더라고. 대학에 대한 환상을 깨라고 이야기해줬어.

대학에서는 수업을 직접 선택할 수 있다고 기대하지만 실제로는 듣고 싶은 수업을 선택하지 않아. 결국, 우리가 듣게 되는 수업은 학점을 잘 주는 수업이야. 선배들도 잘 가르쳐 주시는 교수님이 아닌 학점을 잘 주시는 교수님을 알려줘. 그리고 자신의 꿈을 이야기하는 공간은 찾아볼 수 없고, 지금부터 준비해야 하는 스펙에 대한 이야기를 해. 그래야 장학금을 받을 수 있고 취업에도 도움이 되거든.

수업도 생각했던 것과는 달라. 외국 영화에서 본 대학교처럼 학생들과 교수님이 질문하고 토론하는 수업을 생각했지만 현실은 여느 학원과 같아. 교수님이 준 프린트를 받고 설명을 들으며 외우는 게 수업이야. 그러다 보니 진짜 공부가 아니라, 학점을 위한 공부만 하게 되더라고.

그 대학생활을 위해 대부분의 학생들이 빚을 져. 어떤 분은 나에게 자신을 축하해달라는 거야. 그래서 무슨 일이냐고 물었더니 이제야 대학등록금을 다 갚았다고 하더라고. 대학 졸업한지 10년 만에.

고등학교 때는 대학이 시야를 넓게 보게 해주는 곳일 거라고 생각했는데 아니더라. 대학에 들어가 보니까 내가 선택할 수 있는 선택지는 이미 정해져 있어. 대학에 가겠다는 의미는 학위를 받겠다는 것이고, 그 학위는 취업을 할 수 있는 스펙일 뿐이고. 취업은 내가 가지고 있는 빚을 갚고 앞으로 먹고살게 해주는 도구일 뿐이더라고. 이제 대학에서 낭만은 찾아볼 수 없어. 아니 낭만을 찾았다가는 현실도 모르는 인생 낙오자가 될 거라며 눈총만 받아.

그런데 이렇게 대학생활을 하다 보면 이런 생각이 들어.

이렇게 사는 게 맞는 것일까?
내 삶의 목적은 먹고사는 것일까?
평생 먹고사는 문제만 신경 쓰다 죽어야 하는 걸까?
그렇게 살면 행복할까?

아빠, 많은 물음이 나를 괴롭혀.

#원망스럽고 두려워

부자가 아니라서가 아니야
지금까지 열심히 일해 온 거 잘 알거든.

사회적으로 힘이 없어서가 아니야
우리 가족이 지금껏 살아온 것은 아빠의 힘이었으니까.

우리가 겪고 있는 세상은
한 발짝 나아간 현실이라는 거.
그만큼의 피나는 노력이 있었다는 것.

그럼에도 불구하고 온도가 올라가지 않는지.
우리 스스로 현실은 차가운 것이라고 위로하며 넘어가는지.

그리고 이것이 얼마나 갈지.
나도 앞으로 온도를 올려놓지 못한 어른이 되어 있을까봐.

원망스럽고 두려워.

#우리에게도 자존감이 없다

"시간이 가면 갈수록 왜 이렇게 자존감이 낮아지는지 모르겠어."

취업을 준비하는 친구가 했던 말이야.

세상에는 잘난 사람들이 얼마나 많은지, TV에는 동갑내기 톱스타들이 나오고 주위에는 좋은 학벌과 능력을 가진 친구들만 있어. 세상은 항상 최고만을 보여주며 그렇게 되어야 한다고 하는데 내 자신을 보면 아무것도 없는 아이인 거야. 그 어떤 걸로도 설명할 것이 없는 아이.

가지고 있는 것은 자존심밖에 없어. 그래서 남들보다 못하다는 생각이 들면 자신에게 화를 내고, 별것도 아닌 거에 욱하게 되고. 가끔 남에게 초라한 모습을 들키기 싫어 나를 지어내기도 해.

우리도 나 자신이 한없이 초라해 보일 때가 많아.
스스로를 있는 그대로 받아들이지 못하고
남들 시선에 자유롭지 못하고.

왜냐하면
'진짜인 나'를 알고 싶어 하는 사람이 없어.
다들 '보고 싶어 하는 나'만 보려고 해.

우리는 '진짜인 나'보다는 '보고 싶어 하는 나'를
만들어 내야 하거든.
우리는 잘 팔려야 하는 '나'를 만들어야 하거든.
그래야 인정해주거든.

그래서 더 이상 '진짜 나'는 필요 없어.
아니, 인정하지 못해.
거기서부터 시작해야 하는데

그래서 우리는 자존심밖에 없어.

#소나기

오랜만에 일기를 살펴봤어.

고등학교 때 시험이 얼마 남지 않아서 예민한 날이었어.
문제집을 푸는데 생각보다 많이 틀리는 거야.

'어떡하지?'

채점을 마치고 괴로워하며 자리에 앉아있는데
옆에 있던 친구가 내 문제지를 보면서 웃고 있더라고.
누구를 약 올리나. 괜히 욱해서 한마디 했지.

"웃음이 나오냐? 문제지에서 비가 내리고 있잖아."

그랬더니 그 친구가 이렇게 말하더라고.

"소나기였으면 좋겠다. 금방 그쳤으면 좋겠어."

사실, 듣고 싶었던 말이었거든.

"젊었을 때 고생은 사서도 한다잖아.
그래도 지금이 좋을 때야.
그것뿐만 아니라 세상일이란 게 다 힘들어."
라는 말이 아니라

그냥 내 옆에 앉아서

"많이 힘들지?
소나기였으면 좋겠다. 금방 그쳤으면 좋겠어."

라는 말 한마디가 그리웠거든.

青春

뜻 : 새싹이 파랗게 돋아나서
     만물이 푸르게 된 봄철

당신에게 봄이 찾아오기를

#너가 그래

어느 날 친구에게 갑자기 연락이 왔어. 지금 심각하다며 만날 수 있냐고 그러더라고. 걱정되는 마음에 지금 나가겠다고 했지. 당시 친구는 여자친구랑 헤어지고 부모님의 사이도 좋지 않은 상황이었어. 만나서 그 친구 얼굴을 보니까 창백하더라고.

"무슨 일이야?"
그런데 친구가 대답을 망설이면서 계속 우물쭈물하는 거야.
"나, 정말-"
"무슨 일인데? 차근차근 말해봐."
"엄마가 나보고-"
"뭔데?"
"나보고 아빠 닮았대."
"……."

'응?'

그런데 이야기를 듣고 보니 혼란스러운 그 친구 마음이 이해가 됐어. 친구 부모님이 싸우고 나서 친구가 엄마랑 이야기하는데, 엄마가 그러더래.

"너희 아빠는 항상 욱하고 나한테 가르치려고 해. 그런데 너도 똑같애."

그 말을 듣고 나에게 전화를 한 거야. 그리고 만나서 묻고 싶은 것이 있었다며 물어보더라고.

"네가 생각하기에도 내가 그런 거 같아?"

그래서 내가 뭐라고 했는지 알아?
"어—."

대부분의 친구들은 아빠에게 저런 점은 닮지 말아야겠다는 것이 하나씩 있어. 한 친구는 절대 닮지 않겠다고 결심했던 점을 본인이 하고 있는 것을 발견하고 이렇게 말하더라고.

자신이 무섭다고.
고치려고 해도 고쳐지지 않는다고.
닮을까봐 두렵다고.

아빠도 할아버지를 보고 '저건 절대 닮지 말아야겠다'라고 다짐했던 적 있지 않아?

그런데 알잖아.
아빠가 그대로 가지고 있다는 거.
그리고 나도 아빠를 닮아가고 있다는 거.

누군가 그러더라. 아버지가 돌아가시고 내가 아버지가 되었을 때, 닮고 싶지 않았던 점이 나중에 아버지를 만날 수 있는 하나의 창이 될 수 있다고. 그래서 더욱 아버지가 그립다고.

사실 나도 아빠에게 닮고 싶지 않은 점이 있어서 친구들에게 이야기한 적이 있어.

　"그냥 자신을 있는 그대로 받아주는 남자를 만나야 해! 우리 아빠는 엄마한테 잔소리하면서 존중해주지 않을 때가 많아. 절대 자신에게 가르치려고 하는 남자는 만나지 마라."

　그랬더니 친구들이 이구동성으로 이렇게 말해주더라고.

　"너가 그래."

#격렬히 씹자

"사람들이 무서워. 이제 아무도 없어."
친구들에게 아픔과 속마음을 다 털어놓고 의지했는데
등을 돌려버렸다는 친구의 전화.

누군가는 인간관계가 안개 속에 감춰진 것이어서
어떻게 될지 모른다 하지만

이제는 친구를 '인간관계'라는 틀 안에 넣어야 하는 건지.
이게 현실인지.

의구심, 서글픔

그 당시에는 전화를 받고
함부로 위로의 말을 건넸다면

이제 다시 전화가 온다면
아무런 생각 없이 그 사람들을
밤새 씹으려고.

야, 전화 끊지 마라
오늘 내 턱이 빠지든지
걔네들 귀가 빠지든지 둘 중 하나로 마무리 지으려니까.

#척

아빠, 있잖아.

어느 날 정말 울고 싶은데 눈물이 나오지 않는 거야. 미친 듯이 울고 싶은데 눈물이 나오지 않더라고. 이런 감정은 처음이라서 왜 이럴까 생각해 봤지. 생각해보니까 내가 나를 속이고 있더라고. 점점 많은 사람들을 만나고 사회를 경험하기 시작하다보니까 내가 어느 순간부터 '척'을 하고 있더라.

혼자여도 외롭지 않은 척
우울해도 우울하지 않은 척
힘들어도 금방 이겨낼 수 있는 척

외롭지 않아야
우울해하지 않아야
무슨 일이든 금방 이겨내야 어른인 줄 아나봐.
그래서 속으로는 아픈데 겉으로는 괜찮은 척을 하고 있더라고.

슬프게도

내가 나를 속이려고 하는 것을 보면

아이에서 어설픈 어른으로 자라고 있는가봐.

#중얼중얼

앞이 보이지 않을 때

내 존재가 하찮아 보일 때

무엇인가를 다시 시작해야 하는데
할 힘도, 용기도 가지고 있지 않을 때

그럴 때,

나는 뜨끈한 밥을 먹고
뿔뚝 나온 배를 안으면서
한숨 한번 크게 내쉬어.

쑤웁― 하아

그리고 혼자 중얼중얼거리면서
다시 시작하거든.

지금 미래가 보이지 않는다는 것이
그게 왜 불안해야 할 이유야.

내 위치가 바닥이라는 것이
그게 왜 우울해야 할 이유야.

다시
시작해야 할 이유지.

#같이 아파서, 우리

앞서 당신이 발자취를 남기며 걸어가는 이유는

발을 떼어본 고통을 가진 사람으로서
발을 내딛는 아림을 느껴본 사람으로서
지금 아픔이 인다고 가슴을 부둥켜 있는 자를
뜨겁게 안아주라고.

지금 나도 아프고,
현재 너도 아프고.

맞아,
같이 아파서, 우리

그래서

우리

서로서로 가슴으로 손잡으며 살아가라고.